DIESES BUCH

gehört

Inhaltsverzeichnis

Vorwort

„Das Leben der Eltern ist das Buch, in dem die Kinder lesen“

- Weisheit von Aurelius Augustinus -

Fällt Dir manchmal die Decke auf den Kopf, weil Du nicht weißt, wie Du Deine Kinder bei Laune halten sollst? Warum ist es oft langweilig, gemeinsam TV zu sehen und dabei zu spüren: „Eigentlich gehen das Miteinander und die gute Kommunikation vollständig verloren!“?

Schluss mit dem Lamentieren. Dieses Buch bringt die Wende in den Alltag der ganzen Familienbande!

Welche Familie kennt das nicht: Unsere kleinen Lieblinge halten uns Eltern so manches mal auf Trab und bringen unseren ganzen Alltag durcheinander. Sollten wir aber nicht gerade durch die Zeiten der Pandemie, in der viele Einrichtungen geschlossen waren, jede Menge für ein gelungenes Miteinander innerhalb der Familie lernen?

Gutes Entertainment kannst auch Du mit Deinen Liebsten lernen. Überlasse es nicht dem Zufall, wenn Du für Eltern und Kinder die richtige Möglichkeit suchst, sich miteinander sinnvoll zu beschäftigen. Egal, wie alt Deine Sprösslinge auch sind – gleichgültig, ob Sommer, Herbst, Winter oder Frühling: Jede Familie ist etwas ganz

Besonderes! Feiert den Tag! Pflückt neue Energie mit Events, die Ihr niemals mehr vergessen werdet.

In diesem Buch geht es darum, unterhaltsame Aktionen und Möglichkeiten zu finden, jede Menge gute Laune im Familien-Alltag miteinander zu teilen.

Möchtest auch Du Events planen, die ein ganzes Leben lang im Gedächtnis bleiben? In diesem Buch von den Green-Wedding-Pirates findest Du, viele Optionen, jede Menge zu lachen. Doch auch sinnhafte Spiele für jedes Alter der kleinen Lieblinge können das Denken und die sportliche Betätigung fördern.

Du findest in dieser Lektüre für große, kleine und mittlere Budgets viele witzige Ideen, die der ganzen Familienbande gute Laune ins Gesicht zaubern. Gemeinsames Fernsehen oder Langeweile gehören der Vergangenheit an, wenn Du die zahlreichen Möglichkeiten dieses Ratgebers aktiv ins Leben rufst.

Doch wie bei allen anderen Büchern von den Green-Wedding-Pirates, die für Paare, Verheiratete, Patentanten, Trauzeugen oder Verlobte gleichermaßen geschrieben sind, gilt Eines: Komme ins Tun. Die Tipps dieses Buches sind nur so gut wie die Tatsache, dass Du alles ausprobierst, worauf Du Lust hast.

Lies diesen Ratgeber also ruhig mit der ganzen Familie. Zudem bietet es sich regelrecht an, beim Spielen oder in der Aktion Fotos zu schießen. Diese kannst Du gleich in das Buch einkleben, um zu einem späteren Zeitpunkt die Erinnerungen mit Deinen Liebsten zu teilen. Speziell die Checkliste für Deine eigenen Notizen hilft Dir dabei nach jedem Kapitel, auch viele Jahre nach dem Event noch gemeinsam zu chillen, zu lachen und in positiver Erinnerung zu schwelgen.

Feiere das Leben! Genieße den Alltag rund um die Familie in vollen Zügen!

Schon jetzt wünsche ich Dir: Viel Spaß beim Ausprobieren der Ideen, die perfekt zu Dir und zu Deiner Familie passen! Wandle ggf. die Tipps im Buch ganz individuell auf Deine Familienbande ab. So wird jeder Freude erleben, wenn die Ideen aktiv den Alltag bereichern. Halte den besten Moment innerhalb der Familie fest. Spiele sind dazu da, sie zu feiern und aktiv zu werden.

Dieses Buch lebt, von einem Wort mit 3 Buchstaben, das schon der große Dichter Johann Wolfgang von Goethe als Patentrezept vor vielen Jahren verraten hat: TUN!

Dieses Zauberwort wird auch Dir jede Menge Freude und Fun in den Alltag bringen. Wie viele Bücher von den Green-Wedding-Pirates kannst Du es individualisieren. So wird es zu einem speziellen Nachschlagewerk für die ganze Familie. Deine eigenen Notizen und Bilder zeigen, dass Deine Familie einzigartig ist! Du siehst: Der Ratgeber lebt ganz nach dem Motto von „aus der Praxis für die Praxis!“ Es gibt kein Richtig oder Falsch.

Denke daran: Deine Familie gibt es nur ein einziges mal auf der ganzen Welt.

„Familie bedeutet für den Rest deines Lebens nie wieder allein zu sein und das Chaos zu jeder Lebenszeit im Griff zu haben!“

1.

Spiele mit Kindern im Alter von 1 – 4 Jahren

Du bist stolz auf Deinen kleinen Schatz? Vater und Mutter haben die Zeit hinter sich gebracht, als sie mit dem Kinderwagen durch die Stadt marschiert sind und mit vielen Nachbarn bzw. Menschen die Kinderfreude geteilt haben. Was ging Dir dabei durch den Kopf, wenn Du stolz in den Kinderwagen geblickt hast?

Ab dem Alter von 1 Jahr sind Kinder besonders neugierig. Eine spannende Zeit steht der gesamten Familie bevor. Die kleinen Sprösslinge lernen täglich neue Dinge, die uns ein breites Lachen ins Gesicht zaubern. Jetzt findest Du einige Ideen, wie Du mit kleinen Kindern (im Alter von ca. 4 Jahren) Spiele spielen darfst, die Du unbedingt fotografieren solltest! Sammle am Ende dieses Kapitels alle Notizen und Ideen, damit Du die einzigartigen Momente bei Game und Fun niemals vergessen wirst!

Viel Freude beim Ausprobieren folgender Ideen:

1. Kitzelt Euch gegenseitig, bis Ihr vor Lachen und Bauchschmerzen fast nicht mehr könnt ! Alle Kinder lieben es, die Erwachsenen zu kitzeln. Die Eltern werden wieder ganz zum Kind, wenn sie lachen, genießen und sich vollständig auskitzeln lassen.

2. Mache einen Abdruck vom Fuß der Kleinen und fotografiere diesen. Dieser Abdruck kann das Wohn- oder Kinderzimmer als Deko schmücken. Diese Aktion kannst Du alle paar Monate wiederholen, um auch zu einem späteren Zeitpunkt den Fortschritt bei der Entwicklung zu sehen.

3. Macht eine Kissenschlacht und zeigt dabei, dass die Kinder dieSieger sein dürfen. Tipp: Alle Kinder lieben Kissenschlachten mit Ihren Eltern schon an den frühen Morgenstunden. So beginnt der Tag gleich mit guter Laune und positiver Energie!

4. Führt gemeinsam ein kleines Theaterstück auf, bei denen die Kinder die Hauptdarsteller sind. Hier ist alles erlaubt, was gefällt. Stellt Euch schlafend, wenn Eure Kinder in witzigen Erzählungen die „erfolgreichen Inspektoren“ sind.

   Tipp: Beim Stück könnt Ihr Fotos schießen oder Filme drehen. Findet die eigene Story, die Euer Familienleben so einzigartig machen.

5. Jetzt gilt es, die Schuhe und Socken auszuziehen. Macht Barfuß Spuren in den Sand und gebt dabei das Beste, das Ihr geben könnt! Ratet nach ein paar Stunden erneut, von welchem Mitglied derFamilie die einzelnen Spuren stammen.

6. Malt gemeinsam ein Bild mit Fingerfarben an die Fenster. Auch vor dem Streichen oder Tapezieren eines Kinderzimmers solltet Ihr Euch als Familie an den Wänden (vor der Renovierung!) nach Herzenslust austoben. Danach wird ohnehin frisch gestrichen oder neu tapeziert. Die Kunstwerke aber solltet Ihr unbedingt fotografisch festhalten oder filmen. Wer malt und sich künstlerisch austobt, wird als Familie siegen. Gemeinsame Werke, in denen jeder seine Rolle einnimmt (zum Beispiel indem unterschiedliche Tiere gezeichnet werden) begeistern die ganze Familiencrew!

7. Nehmt gemeinsam ein Bad und zaubert eine „Schaumparty“ aus dem Ärmel in Eurem Badezimmer! Seid selbst einmal so richtig Kind und pfeift auf das Putzen im Anschluss der Party. Tipp: Wichtig ist, stets auf das Wohl der Kleinen die Aufmerksamkeit zu lenken. Zudem könnt Ihr bei diesem Spiel den Sprösslingen auf eine wunderbare Art und Weise Grenzen aufzeigen. Diese sollten natürlich nicht überschrittenwerden.

8. Backt gemeinsam einen Kuchen und knetet den Teig. Danach gilt es, Tierformen auszustechen und den Kuchen mit der ganzen Familie bunt zu verzieren. Im Anschluss ist das gemeinsame Essen

ein willkommenes Geschenk, das Eltern und Kindern gleichermaßen Freude macht!

9. Zeigt Euch als Eltern einmal als Kinder und tauscht die Rollen. Kinder werden zu Eltern und umgekehrt. Was spricht dagegen, von den kleinen Lieblingen gefüttert zu werden? Tipp: Der Rollentausch lädt dazu ein, feste Tage dafür einzuführen. Fotografiert hierbei alles, was nach bester Laune aussieht!

10. Denkt Euch als Eltern einmal besondere Signale aus, wenn die Kinder an Euren Fingern ziehen oder Eure Nase stupsen. Hierbei dürft Ihr zum Beispiel die Hände wie ein Hampelmann nach außen werfen, einen kleinen Pups vortäuschen oder laut gackern wie ein Huhn. Bellt wie ein Hund, wenn die Sprösslinge Euren großen Zeh berühren oder beginnt einen Lieblingssong zu trällern, wenn die Kleinen Euch einen kleinen Klaps auf den Po geben. Tipp: Bei diesem Game ist es wichtig, feste Zeiten zu vereinbaren, an denen die Spielregeln von der ganzen Familie eingehalten werden müssen.

Warum solltest Du eigene Gedanken genau jetzt aufschreiben? Wer schreibt, wird alles Erlebte in seinem Herzen manifestieren (verinnerlichen). Durch Deine Aktivität wird dieser Ratgeber zu einem besonderen

Erlebnis, das perfekt auf Deine Familie zugeschnitten ist. Also: Wer schreibt, der bleibt und profitiert auf ganzer Linie maximal von dieser Lektüre.

Platz für persönliche Fotos und eigene Notizen:

Klebe ein Foto ein!

2.

Diese Games eignen sich für die Kids von 5 – 8 Jahre

Was ist, wenn die Kleinen bald schon zur Schule gehen oder als

ABC-Schütze klug wie Oskar auftreten? Dieses Alter ist für unserekleinen

„Naseweise“ eine ganz besondere Zeit. Hier gilt es für alle Erwachsenen, immer wieder auf spielerische Art und Weise festzustellen, dass die Kinder trotz Ihrem Wissen immer noch Kinder sind!

Gönne den kleinen Lieblingen Zeit zur Entspannung. Das Leben ist ohnehin schon stressig genug – und das für uns alle! Nur dann, wenn sich die Kinder zu Hause so richtig austoben dürfen, dann können sie auch erste Erfolge im Schulalltag feiern. Viel Freude beim Ausprobieren der Games, die schon beim Lesen so manches Schmunzeln ins Gesicht zaubern!

1. Bastelt Euch gegenseitig eine Schultüte bzw. vielmehr eine große Familien-Tüte, in welcher Ihr Süßigkeiten versteckt. Immer dann, wenn ein Mitglied der Familie besonders fleißig, ist, darf es aus der Tüte naschen! Tipp: Haltet die Bastelarbeiten fotografisch fest und bewahrt die Schultüte für lange Zeit als Erinnerung auf!

2. Erfindet einen Kindertag, der dem Kind einen Wunsch freilässt, den die Familie erfüllen darf! Tipp: Natürlich müssen alle Geschwister einen Kindertag feiern dürfen!

3. Bastelt ein Vater- oder Muttertagsgeschenk gemeinsam, das mit Stolz und Würde überreicht wird. Gemeinsames Basteln fördert nicht nur den kreativen Geist, sondern auch die motorischen Fähigkeiten.

4. Übernachtet im Sommer gemeinsam in einem Zelt. Gebt Euch voll und ganz der Abenteuer-Lust hin und bereitet Äpfel oder Folienkartoffeln sowie Bratwürstchen am Stock zu. Guten Appetit! Tipp: Diese besonderen Erlebnisse lieben Kinder in den allermeisten Fällen sehr! Hier solltet Ihr alles in diesem Buch notieren, was Euch genau dieses Erlebnis in unvergesslicher Erinnerung behalten lässt.

5. Verkleidet Euch als Osterhase und hüpft froh und munter durch den Garten!

6. Kreiert einen Tag für den Vater oder die Mutter, welcher auf ganz besondere Art und Weise gefeiert wird. Tipp: Das ist der sogenannte „Elterntag“, der nichts mit Mutter- oder Vatertag zu tun hat. Hier darf gelacht, getanzt, gesungen und nach

Herzenslust herumgealbert werden. Natürlich sollten am Elterntag nicht nur die Eltern, sondern vor allem die Kinder Spaß haben. Gemeinsames Lachen wird immer siegen– vor allem am selbst erschaffenen Elterntag.

7. Spielt Topfschlagen mit verbundenen Augen und lasst Euch dabei filmen oder fotografieren. Seht Euch diese Erinnerungen sooftwie möglich an, um gemeinsam zu lachen!

8. Spielt Karneval zur Weihnachts- und Adventszeit und zeigt, dass Ihr als Familie alles andere als mainstream seid! Wer von uns möchte sich nicht als Kind liebend gern verkleiden?

9. Füttert Euch blind mit Nutella, Joghurt, Mousse oder Faschingskrapfen. Haltet die schönsten Schmiermomente hierbei fest und zeigt, dass jedes Elternteil auch einmal wie ein Kind im Babyalter aussehen darf! Guten Appetit!

10. Setzt Euch in den Sandkasten oder an den Strand, um eine gemeinsame Burg zu bauen, die aktiv als Familien-Eventgemanagt wird.

11. Was spricht dagegen, mit den Kindern im gleichen Bett zu schlafen, um sich gegenseitig mit schönen Songs in den Schlaf zu singen? Die kuscheligsten

Momente sind die, die die ganze Familie niemals vergisst!

12. Putzt Euch gegenseitig als Ritual einmal pro Woche die Zähne. Wetten, dass hierbei die 3 Minuten schneller bei Fun pur vergehen, als wenn jeder selbst der Zahnpflege nachkommen soll? Tipp: Auch die Elternteile sollten wissen, wie Kinderzahnpasta schmeckt. Wer weiß: Vielleicht möchtet Ihr, ganz nach dem Sinne von DIY (do it yourself) selbst aus Natron umweltfreundliche Zahnpasta herstellen, die preiswert ist und ganz natürlich schmeckt?
13. Entdeckt besondere Tierspuren beim Waldspaziergang und malt Euch dazu die abenteuerlichsten, wildesten Geschichten aus.
14. Stellt Euch eine besondere Bucket-List für die Familie zusammen. Notizen dazu könnt Ihr im unteren Teiles dieses Kapitels visualisieren. Erlaubt ist, was die Lachmuskeln aktiviert und der ganzen Familie Spaß macht! Tipp: Inspirationen dazu findest Du in den Partner-Büchern der Bucket-Lists von Green-Wedding-Pirates.
15. Genießt es, mit Food lustige Games zu spielen. Würfelt zum Beispiel beim Schokoladen-Essen reihum, bis einer eine 6 würfelt. Danach muss

diese Person Handschuhe, Schal und Mütze aufsetzen, um mit Messer und Gabel eine in Zeitungspapier gewickelte Tafel Schokolade zu knacken, um ein Stück davon abzubekommen. Gegessen werden darf nur mit Messer und Gabel und keinesfalls mit den Händen! Wer die nächste 6 würfelt, darf sich umziehen und erneut versuchen, von der Süßigkeit mit dem Besteck zu naschen!

Platz für eigene, spannende Notizen und Fotos, die den Alltag in der Familie veredeln:

Klebe ein Foto ein!

3.

Witzige Events für Kinder im Alter von 9 – 11 und alle, die mitmachen möchten

Wenn die Kinder längst schon ihr eigenes Leben führen möchten, dann sollten wir einen ganz besonderen Stellenwert auf das gemeinsame Familienleben legen. Natürlich sind jetzt „langweilige Spiele für Babys“ längst schon out. Kinder möchten in diesem Alter schon fast als Erwachsene behandelt werden. Dazu eignen sich die passenden Ideen hervorragend, um auch das Selbstbewusstsein der Kleinen zu stimulieren.

Folgende witzige Events eignen sich dafür, Schwung in den Familien-Alltag zu zaubern. Viel Spaß beim Genießen, Lachen und Spielen nach Herzenslust!

1. Bemalt Euch mit Body-Farben, um Euch im Anschluss bei der Gartendusche in sommerlicher Freude auszutoben! Tipp: Eine Gartendusche bringt viel Fun in den Alltag einer Familie und kann vielseitig verwendet werden.

2. Singt gemeinsam ein Lied, in dem jeder innerhalb der Familie eine eigen Strophe dichten und vortragen darf.

3. Genieße mit den Kindern, gemeinsam zu kochen und sich nach Herzenslust beim Schnippeln und Genießen auszutoben. Kennst Dudie

4. „Lumpensuppe?" Beim Zubereiten von einer „Lumpensuppe" (ein Wurstsalat, aus Käse, Lyoner, Zwiebeln, Gurken und Tomaten) darf jeder aktiv mitmachen. Liebe innerhalb der Familie geht schließlich durch den Magen! Guten Appetit!

5. Spritzt Euch mit einer Wasserpistole gegenseitig an und zeigt, dass auch Eltern immer wieder gerne einmal „ganz Kind" sein möchten. Tipp: Die Handy-Kamera oder der Fotoapparat dürfen bei diesem Spiel nicht fehlen.

6. Spielt, Gerüche zu erraten. Verbindet Euch hierbei die Augen. Haltet die Nase an eine Schüssel, die mit Nelken, Zimt, Kardamom, Ingwer oder Knoblauch gefüllt ist. Wer sein Gewürz oder Lebensmittel erraten hat, darf die Augenbinde an den rechten Nachbarn weitergeben und erhält einen kleinen Preis zur Belohnung.

7. Kennst Du das Spiel „Ich sehe was, was Du nicht siehst...und das hat die Farbe XY?" Hier gilt es, Dinge aus dem Raum zu fokussieren, die der andere erraten muss. Hierbei können Fragen gestellt werden wie „Kann man das essen?" oder „Muss ich den Gegenstand bald einmal aufräumen" bzw. ähnliche, die den Ratenden auf

das Ergebnis bringen sollen. In der Regel werden die Fragen nur mit „Ja“ oder „Nein“ beantwortet.

8. Bindet Bratwürstchen an die Wäscheleine, die im Garten hängt und nur durch das Hüpfen in die Luft erreicht werden. Wer seine Bratwurst zuerst aufgegessen hat, gilt als Sieger!

9. Radelt gemeinsam an einen See, an dem Ihr ein nacktes Familien-Baden veranstaltet. Erlaubt ist, was Spaßmacht!

10. Schlüpfe als Erwachsener einmal in die Rolle des Kindes und esse mit Lätzchen, wenn Dich Deine Kinder füttern. Der Fun Fact steht hier im Vordergrund.

11. Zieht Euch Faschingskostüme an und veranstaltet einen privaten, witzigen Maskenball! Tipp: Diese Momente müsst Ihr einfach festhalten und Euch Notizen dazu am Ende des Kapitels machen!

12. Was spricht dagegen, eine Poolparty zu organisieren, auf der Ihr ein privates Spiel auf Luftmatratzen oder großen Schwimm-Ringen veranstaltet? Hier kann zum Beispiel ein Elternteil Luftgitarre spielen, bis er in den Pool stürzt oder das Kind zeigen, wie lange es tauchen bzw. kleine Spielsachen vom Boden des Schwimmbades

auflesen kann. Tipp: Kleine Preise sorgen für die Extra-Portion an gute Laune und Frische!

13. Singt einmal völlig verkehrt. Wer am schrägsten singt, hat den Familien-Song-Contest gewonnen und erhält das goldene Mikrofon! Herzlichen Glückwunsch und viel Freude bei der Siegerehrung innerhalb der Familie.

Platz für Notizen, Fotos oder persönliche Abwandlungen der Spiele:

Klebe ein Foto ein!

4.

Das macht der ganzen Familie Spass, die Kinder im Alter von 12 – 15 haben

Jetzt geht es darum, Jugendliche bei Laune zu halten, indem man immer wieder einmal gemeinsame Spiele in den Alltag zaubert. In dem Alter von ca. 12 – 15 Jahren möchten die Kids von heute oft mehr Zeit mit Freunden als mit der Familie verbringen. Sie fühlen sich schon als Erwachsene und finden es nicht immer bereichernd, Zeit mit den Eltern innerhalb der Familie zu verbringen.

Lade also als Eltern ruhig die Freunde zum gemeinsamen Lachen und Spielen ein. Das macht die Freunde Deiner Kinder nicht nur neugierig, sondern hilft Dir auch dabei, Deinen kleinen Liebling noch besser kennenzulernen! Und jetzt gilt: Ran ans Eingemachte... Durch das TUN kommst Du voran!

1. Veranstaltet einen Karaoke-Abend im Kreise der Familie. Der Sieger bekommt ein großes Eis oder darf seinen selbst komponierten Song vortragen.

2. Genießt es, gemeinsam einen Obstsalat zuzubereiten, in dem jeder eine ganz besonders exotische Frucht schnippeln und hinzugeben darf.Tipp: Kulinarische Genüsse der gesunden Art verzaubern heutzutage Jung und Alt. Ganz nach dem Motto von DIY solltest Du die schönsten Momente bei der Arbeit in der Küchefesthalten.

3. Tragt Euch Huckepack zu einem Ziel und veranstaltet einen kleinen Wettlauf, der Euch dabei hilft, aus der Puste zu geraten und fit zu bleiben.

4. Spielt Pantomime und stellt ohne ein Wort zu sagen Figuren oder Ereignisse dar, die die ganze Familie zum Lachen bringen! Tipp: Schreibt Euch auf, wer sich ganz besonders zum Affen gemacht hat, weil er King Kong, die Minions oder Mahatma Gandhi bzw. einen kleinen, lustigen Wurzel-Sepp pantomimisch dargestellt hat.

5. Wandert gemeinsam bei einem kleinen Familienausflug mit Fackeln durch den Wald.

6. Was spricht dagegen, einen kleinen sportlichen Spaß beim Seilspringen, Sackhüpfen oder Hulla-Hupp zu organisieren? Wer der Sieger innerhalb der Familie ist, wird mit einer Medaille aus Schokolade gekürt.

7. Lest im Herbst gemeinsam Früchte auf, die die Natur bietet. Danach könnt Ihr Marmelade oder Mus kochen und als besonderes Weihnachtsgeschenk jetzt schon vorbereiten.

8. Gründet eine Familien-Band, in der „Instrumente wie Küchensiebe, Wasserpfeifen oder Kochlöffel

mit Schüsseln zu Instrumenten werden, die für besondere Laute sorgen.

9. Fahrt mit dem Rad in den Nachbarort, um dort ein Picknick als Überraschung mit Freunden zu veranstalten. Tipp: Freundschaftenund Feste sollte man, je nach Wetter und Stimmung, feiern, wie sie fallen. Gemeinsame Events in der Natur bleiben der ganzen Familie noch lange in positiver Erinnerung!

10. Zieht Euch einmal besonders witzig an und schminkt Euch als Clown, Diva oder Vampir. Wer den privaten Karneval organisiert, darf Utensilien und Produkte für Make-Up sowie Hüte und Co bereitstellen. Kinder sollten zudem lernen, in diesem Alter die Verantwortung zu übernehmen. Das macht sie zu selbstbewussten Persönlichkeiten, die im Leben überzeugen!

11. Massiert Euch gegenseitig und zeigt, wie wichtig das „Feeling good" in der gesamten Familie ist. Wellness pur hat jede Menge mit einem positiven Miteinander zu tun! Zeigt Euch, sooft wie möglich, dass sich die Familie lieb hat und gut zusammenhält.

12. Sammelt Holz für ein gemeinsames Lagerfeuer, das ihr in lauen Sommernächten als Familien-Crew in

Abenteuer-Lust genießt. Danach wird unter freiem Sternenhimmel outdoor übernachtet. Tipp: Wichtig ist, dass jeder in der Familie eine bestimmte Aufgabe einnehmen muss, damit der Abend gelingt.

13. Genießt gemeinsame Wasserspiele wie Wasserfußball in einem See, an dem Ihr fast alleine Badespaß pur genießen dürft. Nicht jeder von uns hat schließlich das Budget für den eigenen Pool im Garten.

14. Nehmt Euch Zeit, erfundene Geschichten zu erzählen und hört dem anderen dabei aufmerksam zu. Tipp: Wer schreibt, der bleibt. Selbst kreierte Texte können sich in Form von Gedichten oder Kurzgeschichten darstellen, die auch hier im Ratgeber als Notiz (in Ausschnitten) Platz finden.

15. Strickt gemeinsam einen Schal. Jedes Mitglied der Familie darf hierbei ein paar Reihen stricken. Was bei diesem Spiel zählt ist nicht das Ergebnis, sondern das Projekt in der Gemeinsamkeit!

16. Singt gemeinsam einen Pop-Song, den Ihr nach Belieben auf die Geschichten innerhalb der Familie abwandelt. Wetten, dass hierbei ein Song der Extraklasse entsteht?

17. Geht mit Eurem Schulkind einmal gemeinsam den Schulweg, um auf dem Nachhauseweg spontan ein Eis essen zu gehen. Danach gilt es, den Schlemmer-Becher nach Wahl für die ganze Familie zu servieren und alle Familienmitglieder damit ganz individuell zu überraschen!

Nach diesen 17 Vorschlägen ist nun wieder Zeit für Deine persönlichen Aufzeichnungen:

Klebe ein Foto ein!

5.

Spiele für ältere Teenager und Erwachsene, um den Alltag mit bester Laune auszustatten

Teenager oder Erwachsene sollten immer eine Tatsache beibehalten: Gemeinsam zu spielen, auch wenn Pflichten rufen, schenken neue Power und bringen Glanz in den Alltag. Wer sich spielerisch in der Gemeinsamkeit innerhalb der Familie bewegt, der wird jede Menge gute Laune in das oft triste Dasein zaubern. Viel Freude beim Kreieren von Games, die es sonst auf keinem Ort der Welt zu finden gibt!

1. Kocht gemeinsam für Gäste und zeigt, dass die kreative Küche keine Grenzen kennt. Tipp: Wer hierbei die Freunde der Kids einlädt und kulinarisch verwöhnt, kann wertvolle Punkte der Empathie sammeln. Freundschaft und Liebe gehen schließlich durch den Magen!

2. Spielt einmal „Wer oder was bin ich“ und klebt Euch die Person oder Sache, die Ihr erraten müsst, an die Stirn. Die Person mit dem Zettel an der Stirn muss sich selbst durch geschicktes Fragen an die Runde erraten. Diese Fragen dürfen nur mit „Ja“ oder „Nein“ beantwortet werden. Tipp für besonders kreative Menschen: Auch Märchen- oder Fantasy-Figuren oder Dinge wie eine

Haarbürste bzw. die Pfeffermühle sind hierbei erlaubt.

3. Bereist zusammen am Wochenende eine fremde Stadt, die zum Sightseeing einlädt. Tipp: Nach der Reise sorgt ein Ratespiel dafür, dass alles, was die Familie erlernt hat, nicht in Vergessenheit gerät.

4. Führt als Familie gemeinsam ein Theaterstück auf, das die Freunde und Verwandte als Zuschauer begeistert. Tipp: Dieses Event solltet Ihr auf alle Fälle filmen und witzige Schnappschüsse dabei machen!

5. Genießt es, im Sommer auf der Luftmatratze in einem Zelt am Strand (oder unter freiem Sternenhimmel) zu schlafen. Hierbei steht die Abenteuer-Lust im Vordergrund. Alle Eltern machen mit, egal, wie hartnäckig die Stechmücken auch unterwegs sind....

6. Auch im Alter von Erwachsenen solltet Ihr eine Kissenschlacht veranstalten. Bei diesem Spiel dürfen ruhig die Fetzen fliegen...Verwendet hierbei also alte Kissen die ohnehin entsorgt werden sollen. Hier sollten die Federn durch die Lüfte schweben und alle Menschen in der Umgebung in Staunen versetzen!

7. Fermentiert gemeinsam Gemüse und erfreut auch an dem gesunden Genuss, der heute zu Tage mehr als angesagt ist. Nach dem Motto „Back to the roots" sind die Küchen-Tipps von Großmutter heute mehr als angesagt.

8. Malt gemeinsam eine Wand im Keller an, der im Hobbyraum für Kunstgenuss pur sorgt.

9. Genießt es, in den Ferien gemeinsam auszuschlafen und am Abend Eiscreme im Schlafanzug aus der 3-Liter-Box zu löffeln.

10. Pflanzt gemeinsam bei einem bestimmten Ereignis, zum Beispiel dem Schulübertritt, dem Abschluss von Abitur oder bei einer erfolgreichen Theater-Veranstaltung der Kids einen Baum, an dem Ihr Euch noch viele Jahre lange erfreut!

11. Bastelt selbst Witzfiguren wie Minions, Prinzessinnen, Tiere, Figuren von Star-Wars und Co. Auch Überraschungs-Eier sind eine gelungene Abwechslung im Alter von jedem Erwachsenen.

12. Versteckt die selbst gebastelten Figuren in der Wohnung, die im Anschluss von der Familie mit dem Zuruf von „warm" oder „kalt" gefunden werden müssen.

13. Erfreut Euch an gemeinsamer Musik und besucht mindestens einmal pro Jahr ein Konzert einer

Band, die einem Familienmitglied besonders gut gefällt.

14. Übernehmt innerhalb der Familie einen Dienst des anderen, um einem Familienmitglied eine Freude zu erweisen. Tipp: Bei diesem Spiel als Gefallen geht es um Nächstenliebe und Fürsorge!

15. Spielt Mikado und zeigt, dass Ihr eine ruhige Hand habt, auch dann, wenn sich Nervosität bemerkbar macht. Dieses alt bekannte Spielkönnt Ihr Selbst aus Holzstäbchen, die Ihr gemeinsam bemalt, basteln. Doch auch ein gekauftes Mikado-Spiel kann auf Reisen oder bei kleinen Ausflügen für gute Stimmung sorgen.

Jetzt ist wieder Platz für Notizen, persönliche Fotos und individuelle Ideen:

Klebe ein Foto ein!

6.

Mit diesen Spielen wirst Du die Winterzeit mit der ganzen Familie geniessen

Die Winterzeit lädt uns alle dazu ein, mehr Zeit zu Hause zu verbringen. Ist das nicht ein Grund mehr, sich nicht ausschließlich innerhalb der Familie mit TV, Netflix, Youtube und Co zu beschäftigen, um stattdessen viele spannende Abenteuer zu erleben?

Gerade im Winter gibt es viele Gründe dafür, mit den Liebsten besondere Events zu planen. In diesem Kapitel stelle ich Euch jetzt vor, wie Ihr noch mehr Fun im Familien-Alltag erleben könnt. Wetten, auch für Euch ist genau das Richtige mit dabei, das Ihr noch nicht kennt? Viel Spaß beim Ausprobieren und Genießen!

1. Baut im Garten oder auf einem Feld eine ganze Schnee-Familie. Warum sollte immer nur der Schneemann dafür dienen, sich körperlich in der Winterzeit zu betätigen und ins Doing zu kommen? Tipp: Jedes Familienmitglied darf sich aussuchen, wen er im Schnee darstellen möchte.

2. Spielt „Wahrheit oder Pflicht“ mit Fragen, die zu Eurer Familie passen. Ihr könnt auch als Paar im Partner-Buch von Green-Wedding-Pirates dazu lustige Anregungen finden! Spielen macht das Leben einfach fröhlicher sowie unbeschwerter und

bringt so manchen von uns Menschen zum lachen und nachdenken...

3. Werft Euch in den Schnee und stellt Tiere wie einen Adler oder einen Vogel dar, indem Ihr die passenden Spuren mit Euren ganzen Körper hinterlässt. Macht also einen Adler, einen Löwen oder eine Schlange in den Schnee! Dazu legt Ihr Euch zum Beispiel einfach in den Schnee, nachdem Ihr wetterfeste Kleidung angezogen habt.

4. Unternehmt einen Wellness-Tag mit er ganzen Familie zu Hause. Hier ist alles erlaubt, was Spaß macht und gefällt. Tipp: DIY ist auch in Sachen Gesichtsmasken, Cremes und Schaumbäder mehr als angesagt. Kreiert aus abgelaufenen Lebensmitteln Körperpflege, die sonst keiner hat!

5. Bereitet einen Familien-Punsch als Team gemeinsam zu. Hier dürfen Orangen, Zitronen, feine Gewürze und Co nicht fehlen. Jeder innerhalb der Familie sollte mitmachen, bevor der Punsch zur gemütlichen Runde oder in der selbstgebauten Schneebar serviert wird. Tipp: Ladet ruhig Freunde ein, um Eure Schneebar einzuweihen und draußen zufeiern!

6. Macht eine Schneeballschlacht und tobt Euch so richtig dabeiaus!

7. Was spricht dagegen, wenn Ihr gemeinsam Weihnachts-Plätzchen backt und jeder darf sich dabei seine Lieblingssorte aussuchen? Das macht nicht nur Spaß, sondern liefert auch das perfekte Geschenk für die Verwandten oder Freunde zur Advents- und Weihnachtszeit. Viel Freude beim Genießen feiner Gaumen-Freuden!

8. Besucht Freunde, die Ihr spontan zu einem Sauna- oder Dampfbad-Besuch entführt. Man muss die Feste spontan feiern, wiesie fallen. Dabei kann sich die ganze Familie einmal den Kummer und Frust des Alltags aus der Seele schwitzen. Tipp: Denkt immer daran: Auch in der dunklen Winterzeit gibt es viele Dinge, die gerade dann so richtig Spaß machen!

9. Backt gemeinsam Pancakes mit selbst zubereiteter Marmelade zu einem Frühstück am Wochenende. Hier darf ruhig einmal jeder innerhalb der Familie im Schlafanzug „herumlümmeln!“

10. Versteckt kleine Geschenke im Garten und sucht diese im Anschluss. Verstecken zu spielen macht in jedem Alter Spaß. Vor allem zur kühlen Jahreszeit sollte die ganze Familie darauf achten, regelmäßig frischen Sauerstoff zu tanken. Tipp: Genau das sind die Dinge, die den Kreislauf in

Schwung halten. Auch wenn es nur 10 Minuten sind: Kälte stimuliert unsere Gefühle positiv!

11. Veranstaltet ein „Wunschkonzert“ der Massagen. Hier darf jeder aussuchen, ob er eine Fuß- oder Rückenmassage vom Familienmitglied seiner Wahl in Anspruch nehmen möchte. Viel Freude beim Relaxen und Genießen.

12. Bastelt gemeinsam Kerzen, die Ihr zur Weihnachtszeit an Eure Freude verschenkt. Das geht einfach und ist auch für Schulkindereine gute Möglichkeit, im Sinne von DIY aktiv zu sein!

13. Besucht einen Berg oder Hügel, welche Ihr noch nicht kennt. Rodelt im Anschluss nach Lust und Laune und seid auch als Erwachsener einmal wieder „ganz Kind.“ Genau das sind die Dinge, die den Alltag beflügeln. Viel Freude im Winter-Zauber in wunderschöner, idyllischer Landschaft!

14. Kuschelt immer wieder gemeinsam in der „Familien-Kuschelecke!“ Nähe und Fürsorge innerhalb der Familie entstehen vor allem dann, wenn Ihr zeigt, wie sehr Ihr Euch lieb habt!

15. Seid ruhig immer wieder einmal unvernünftig und bereitet Eucheine ungesunde, süße Köstlichkeit zu, die Ihr besonders im Kreise der Familie genießt. Was spricht dagegen, ein Schokoladenfondue, eine

Eierlikör-Schneebowle oder einen Eisbecher „Winterzauber“ gemeinsam zu kreieren? Tipp: Gute Anleitungen für diverse Rezepte findest Du im Internet oder auch bald schon bei den Green-Wedding-Pirates.

Jetzt bleibt wieder Platz für Notizen, Fotos und Co, die Eure Abenteuer ganz persönlich machen:

Klebe ein Foto ein!

7.

Frühling – ein Grund mehr, mit der Familie spannende Abenteuer zu erleben

Wenn die Winterzeit sich langsam dem Ende zuneigt, dann möchten wir innerhalb der Familie vor allem Eines: Endlich frischen Frühlingszauber und die Blumen im Garten genießen. Vor allem nach einem kalten Winter bekommt die ganze Familie Lust auf Sonnenstrahlen und möchte raus in die Natur, um das Leben zu feiern.

Pflückt als Familie den Tag! Genießt das Dasein sooft wie möglich. Ein Grund mehr, sich Aktivitäten zu widmen, die der ganzen Familie ein Lächeln ins Gesicht zaubern. Welche dieser Ideen für den Frühling möchtet Ihr gleich als Team ausprobieren?

1. Sammelt gemeinsam alles im Garten auf, was vom Winter übrig geblieben ist. Auch im Wald hat sich während der Winterzeit häufig Müll (Blechdosen, Becher, Tüten und Co) angesammelt. Freut sich dieNatur nicht doppelt, wenn die Familie im Sinne des Umweltschutzes gemeinsam zupackt, damit das Grün bald schon so richtig sprießen kann? Tipp: „Flocking“ ist eine Art, während der Joggingtour mit einem Beutel Unrat im Wald oder in der freien Wildnis Müll aufzulesen. Viel Spaß dabei!

2. Veranstaltet ein Ratespiel, wann genau (Tag) die ersten Blumen im Frühling bei Euch im Garten Eure Herzen erfreuen!

3. Fasching ist eine wunderbare Zeit, die die ersten Frühlingsgefühle in den Alltag zaubert. Besucht gemeinsam einen Umzug oder Ball, bei dem Ihr Euch als Familie nach einem bestimmten Motto verkleidet. Viel Freude beim Feiern!

4. Unternehmt einen Waldspaziergang und sucht dabei nach Tieren, die sich ebenso am Frühling erfreuen wie Ihr selbst.

5. Spannt ein Seil in den Garten und bringt hierbei Luftballons an. Danach gilt es, durch Hüpfen in die Luft (das Seil hoch genug befestigen) die Ballons zum Platzen zu bringen. Damit zeigt Ihr, dass Ihr mit dem Knallen den bunten Frühling einleiten möchtet!

6. Was spricht dagegen, die ersten Erdbeeren zu kaufen und sich gegenseitig damit blind zu füttern? Erdbeeren sind eine Köstlichkeit, die Ihr auch in Schokolade tauchen und trocknen lassen dürft. Schokoladen -Früchte machen gute Laune! Enjoy!

7. Kreiert einen Eisbecher nach Wahl, der wunderschöne Frühlingsgedanken in den

Familien-Alltag bringt. Hier sind der Phantasie keine Grenzen gesetzt!

8. Frühjahrsputz muss nicht anstrengend sein. Verteilt die Aufgaben dazu innerhalb der Familie und kreiert einen lustigen Wettbewerb aus Fensterputzen und Co. Der Sieger wird natürlich mit einem kleinen Präsent honoriert.

9. Organisiert eine Schnitzeljagd und versteckt outdoor witzige Botschaften beim Suchspiel. Erlaubt ist, was gefällt und für die ganze Familie den Fun Faktor erhöht.

10. Veranstaltet einen Mai-Tanz im eigenen Zuhause und seid dabei einmal ganz ausgelassen und albern.Tanzen und Musik bereichert jeden Alltag innerhalb der Familie.

11. Wer einen eigenen Garten hat, kann mit frischen Kräutern fast das ganze Jahr über seine Speisen veredeln. Jedes Mitglied der Familie darf sich einen Kräutertopf aussuchen, den er (in Garten oder Balkonkasten) einpflanzt. Wetten, die Ernte bereitet immer wieder große Freude, wenn zu Grillfesten beispielsweise Dipps oder Salate verfeinert werden?

12. Wandert mit dem Rucksack los, ohne ein bestimmtes Ziel zu haben. Lasst Euch als Familie

einfach einmal ganz von dem spontanen Bauchgefühl inspirieren. Tipp: Bei diesem Spiel geht es auch darum, Kompromisse zu finden und sich auf ein bestimmtes Ziel zueinigen.

13. Geht gemeinsam an die Kleiderkiste und sucht Euch Klamotten aus, die jetzt wieder mehr als angesagt sind. Nicht immer muss man viel Geld investieren, um trendy unterwegs zu sein. Das ist nachhaltig und hilft beim cleveren Sparen.

14. Stellt Euren ganz persönlichen Maibaum im Garten auf. Pfeiftauf das, was die Nachbarn sagen.

15. Kennt Ihr „Berliner“ oder „Faschingskrapfen“, die im heißen Fett ausgebacken werden? Ein Hefeteig ist sehr leicht zuzubereiten. Hier kann die ganze Familie mitmachen, um im Anschluss zur Kaffeetafel einzuladen! Tipp: Krapfen gibt es nicht nur zum Karneval. Genießt diese als Familie auch ruhig einmal auf der Terrasse, um die ersten Sonnenstrahlen aufzusaugen.

Natürlich dürfen auch im herrlichen Frühling die eigenen Fotos und Gedanken nicht fehlen   Hier ist Platz für Deine Pics bzw. Aufzeichnungen:

Klebe ein Foto ein!

8.

Sommer – die schönste Jahreszeit für die Familie?

Endlich Sommer! Die meisten Familien nutzen diese Jahreszeit dafür, viel outdoor zu unternehmen und sich nach Herzenslust Badefreuden oder ausgelassenen Grillpartys zuzuwenden. Nicht jeder von uns hat die Mittel dazu, aufwendige Reisen zu planen. Vor allem zur Sommerzeit könnt Ihr als Familie so richtig im Team die Seele baumeln lassen und das Leben in vollen Zügen genießen. Viel Freude beim Ausprobieren folgender Ideen...

1. Versucht einmal, ob Ihr in die Badehose oder in den Bikini des Partners passt. Tauscht die Rollen bei der Kleidung und zeigt, dass Ihr einmal nur lustig und schräg aussehen möchtet. Tipp: Natürlich ist eine Zweckentfremdung der Kleidung hierbei sehr willkommen, um gemeinsam zu lachen!

2. Was spricht gegen eine ausgiebige Wasserschlacht am See oder im Pool? Macht alle mit, egal, wie alt Ihr seid, denn: „Die Familie lebt von dem, was im Gedächtnis bleibt!“ Ihr seid als Familie ein großes Präsent, das mit nichts auf der Welt zu vergleichen ist!

3. Radelt zu einem Bade-Ziel, das Ihr noch nicht kennt und das frei in der Natur liegt. Jedes Familienmitglied darf sich dabei immer wieder neue Ideen einfallen lassen. So werdet Ihr zu kleinen Ausflügen angespornt und lernt die Umgebung noch besser als bisher kennen.

4. Zieht Euch Schwimmflügel an und macht Euch einmal völlig zum Affen für den Rest der Familienbande! Natürlich muss hierbei der Fotoapparat in unmittelbarer Nähe liegen, um die besten Momente festzuhalten. Tipp: Es gibt für witzige Fotos niemals ein Richtig oder Falsch. Wichtig ist, dass sich kein Mitglied der Familie ausgegrenzt oder ggf. belächelt fühlt, weil alle in die gleiche Rolle schlüpfen müssen.

5. Kreiert einen Sommerdrink (mit und ohne Alkohol) den es sonst auf der Welt nirgends zu finden gibt. Tipp: Frische Kräuter aus dem eigenen Garten wie Minze, Zitronenmelisse und Co veredeln den Sommer-Drink auf besondere Art und Weise.

6. Leiht Euch ein Einrad aus oder kauft eines. Übt das Fahren damit und unterstützt Euch dabei gegenseitig.

7. Veranstaltet einen kleinen Wettbewerb beim Aufblasen von Luftmatratze, Wasserball und Co. Wem geht als erstes die Pusteaus?

8. Lauft einmal den ganze Tag in Strand- und Badebekleidung umher, auch wenn es regnet. Wetten, kein Mitglied der Familien-Bande wird frieren, wenn Ihr am Abend ein warmes Bad nehmt oder Euch in den warmen Frottee-Mantel kuschelt?

9. Lädt zu einer Grill-Party Gäste ein. Überlegt Euch im Anschluss, welche Rolle jedes Familienmitglied einnehmen kann, damit die Party gelingt. Zum Beispiel kümmert sich der Grillmeister um Würstchen, währenddie Kids sich als DJ austoben können. Viel Freude beimFeiern!

Jetzt bleibt wieder Platz für Deine eigenen kreativen Gedanken in Sachen Familien-Spiele für den Sommer:

Klebe ein Foto ein!

9.

Im Herbst gibt es viele Gründe dafür, lustige Games mit der Familie zu spielen

Der Herbst ist oftmals mit die schönste Jahreszeit in Österreich, Deutschland und Umgebung. Die Blätter der Bäume nehmen malerische Farben wie gelb, rot oder orange an. Die Herbstsonne ist satt und bringt die Natur auf eine warme, sanfte Art und Weise zum Strahlen. Jede Familie sollte den Herbst in vollen Zügen genießen. Egal, ob in- oder outdoor: Mit folgenden Ideen könnt auch Ihr Euch so austoben, damit der Fun Fact niemals auf der Strecke bleibt. Viel Freude Beim Ausprobieren und Genießen!

1. Bastelt einen bunten, wunderschönen Drachen und lasst diesen gemeinsam steigen! Tipp: Haltet die schönsten Bastel-Momente in Fotos fest, die Ihr in diesem Buch am Ende des Kapitels einkleben könnt.

2. Macht gemeinsam das Heim „winterfest". Hier gilt es, ggf. einen Igel im Garten zu finden, den Ihr zum Überwintern im Keller artgerecht haltet. Doch auch einfachere Methoden sind geeignet, um sich auf den Winter einzustellen. Räumt gemeinsam den Garten oder Balkon auf und veranstaltet einen Wettbewerb, wer als erstes fertig mit seinen Aufgaben ist.

3. Herbstzeit ist Erntezeit! Stibitzt nach vorherigem Fragen Äpfel aus Nachbars Garten und gebt acht darauf, von keinem anderen Menschen dabei erkannt und erwischt zu werden. Tipp. Natürlich gilt diese Idee auch für Pflaumen, Beeren und reife Früchte aller Art.

4. Sammelt gemeinsam Herbstlaub und klebt die schönsten Bilder in einem Album (oder in dieses Buch) ein. Die Natur bietet so viele wunderschöne Momente im Herbst, die Ihr gerade als Familie in Euch aufsaugen solltet!

5. Kocht gemeinsam ein Kompott aus Mirabellen, Birnen, Äpfeln und Co. Meal Prep ist mehr als angesagt. Hier könnt Ihr Vorräte sammeln und das ganze Jahr über die süßen Leckereien zum Kaiserschmarren, zum Pfannkuchen oder zu Dampfnudeln servieren. Tipp: Liebe innerhalb der Familie geht doch immer durch den Magen!

6. Schon jetzt kann sich die gesamte Familie Gedanken dazu machen, welche selbstgemachten Geschenke es zur Weihnachtszeit gibt. Schreibt zum Beispiel Gedichte in ein Buch, das Ihr verschenkt oder kreiert einen Song, den Ihr zum kleinen, persönlichen Weihnachtskonzert vortragen werdet. Der Kreativität sind keine Grenzen gesetzt!

7. Bastelt Geschenke aus den Schätzen der Natur, die sich gerade jetzt im malerischen Herbst ergeben. Habt Ihr als Familie schon einmal einen Zwetschgen- oder Holunderlikör selbst hergestellt und genossen? Tipp: Selbstgemachte Liköre schmecken perfekt zu Eis und vielen Desserts oder auch als Absacker nach einem feinen Menü!

8. Strickt oder häkelt für andere Familienmitglieder Kleidungsstücke bzw. Utensilien für den Alltag, über welche man sich besonders freut. Selbstgemachte Socken, Schals, Topflappen, Bucheinbände und Co sind mehr als angesagt. Damit zeigst Du, dass Du den anderen sehr liebst und wertschätzt.

9. Betreibt Sport in der frühen Herbstsonne, die gute Laune schenkt. Nordic Walking, Radfahren oder der Workout auf dem Balkon machen in der Gemeinschaft doppelt gute Laune und sorgen für die Extraportion an Motivation!

10. Sammelt gemeinsam Kastanien, um die Tiere (Rehe oder anderes Wild) damit im Winter zu füttern. Stellt ein Vogelhaus im Garten auf. Tipp: Raus in die Natur – das ist ein Motto, mit dem die ganze Familie die Abwehrkräfte in der Erkältungszeit stärken kann.

11. Mit Yoga oder Qigong sowie der progressiven Muskelentspannung ist dafür gesorgt, dass die Seele einmal richtig baumeln darf. All dies könnt Ihr auch in der Familie ausprobieren und dabei Stressabbauen.

12. Sucht gemeinsam ein kuscheliges Outfit, in dem sich die ganze Familie im Partner-Look präsentiert. Tipp: Wer möchte und Talent hat, kann auch Kleidung verändert und sich als „kleiner Schneider“ versuchen. Auch im Sinne der Nachhaltigkeit ist es ratsam, dass nicht alles, was nicht mehr getragen wird, im Müll landet.

Jetzt bleibt wieder Zeit für Deine eigenen Notizen, Fotos und alles, was für Dich im Herbst wichtig ist

Klebe ein Foto ein!

10.

Weitere kreative Extra-Ideen für Abenteuer, gute Laune und jede Menge Familienspass

Im letzten Kapitel in diesem Buch findest Du jetzt, ergänzend zu den bisher vorgestellten Inspirationen, weitere Vorschläge. Wetten, dass damit die ganze Familie in gute Laune gerät und den Alltag mehr denn je genießen wird? Wie immer wünschen die Green-Wedding-Pirates der ganzen Familie: Viel Freude beim Doing, Fotografieren und allem, was das Herz der Familie erblühen lässt!

1. Gründet eine wilde Popband und gebt einen Song zum Besten, den Ihr so interpretiert, wie Ihr es Euch vorstellt. Egal, ob Du selbst ein Instrument spielst oder wie Deine Gesangskünste auch ausfallen: Singen in der Gemeinschaft macht doppelt Spaß, auch wenn es nicht immer ganz so harmonisch einhergeht.

2. Packt spontan alles für ein Picknick zusammen. Lauft an ein Waldstück, an dem Ihr einsam in idyllischer Atmosphäre Eure Köstlichkeiten genießen dürft. Guten Appetit. Tipp: Auch, wenn es manchmal hektisch innerhalb der Familie einhergeht: Gemeinsam eingenommene Mahlzeiten fördern das „Wir-Gefühl". Deshalb solltet Ihr diese nie vernachlässigen.

3. Lauft zusammen auf einen Berg und umarmt Euch stürmisch, wenn Ihr am Gipfel angekommen seid. Jetzt solltet Ihr Euch nämlich besonders mit Liebe und Fürsorge begegnen und stolz auf die erbrachte Leistung sein!

4. Bastelt lustige Tiere, die Ihr Euch gegenseitig schenkt. Achtet dabei darauf, den Charakter des anderen darzustellen und erklärt, warum ein Mitglied der Familie eine Katze, der Hirsch oder ein Hase ist.

5. Stellt als Team der Familie besondere Pralinen her. Das schmeckt nicht nur lecker, sondern zeigt auch, wie sehr Ihr Euch gegenseitig liebt.

6. Achtet darauf, Euch immer wieder zu umarmen und macht folgendes Spiel: Wer am festesten zudrücken kann (ohne dass der andere dabei stirbt oder in Atemnot gerät) der hat gewonnen. Tipp: Der Preis des Sieger: Er darf sich mit einer umfangreichen Massage verwöhnen lassen oder Schokolade :)

7. Geht in einen Freizeitpark und veranstaltet einen kleinen Wettbewerb: Wer die wildesten Fahrgeschäfte übersteht, der darf sich am Abend etwas ganz Besonderes wünschen! Auch hier gilt: Es gibt kein Richtig oder Falsch. Wichtig ist,

gemeinsame Freuden innerhalb der Familienbande zu erleben!

8. Lest Euch immer öfter im Alltag eine „Gute-Nacht-Geschichte“ vor und genießt die Stimme des anderen. Vorlesen kann man üben. Es stimuliert die Modulation und Artikulation und zeigt, dass Ihr Euch gegenseitig sehr wichtig seid!

9. Malt ein großes Bild mit unterschiedlichen Farben oder beklebt es mit witzigem Zeitungspapier oder bunten Stoffresten. Was entsteht isteine besondere Collage, die zeigt, wie kreativ Ihr seid. Im Anschluss darf sich jeder eine Geschichte einfallen lassen, die zum Kunstwerk passt und diese im Familien-Gremium vortragen. Viel Spaß!

10. Stellt einmal Käse oder Joghurt (oder andere Lebensmittel, die Ihr in der Familie besonders gerne genießt) selbst her. Tipp: DIY ist nicht nur angesagt, sondern zeigt auch, dass Ihr wisst, wie gutes Essen produziert wird.

11. Findet Kosenamen für die Familie, die Ihr sonst noch niemals erwähnt habt. Hier sind der Kreativität keinerlei Grenzengesetzt.

12. Gemeinsames Yoga oder der Besuch eines Dampfbades wird unsim Alltag dabei helfen, sich von den Strapazen, die das Leben nun einmal mit

sich bringt, umfassend zu erholen. Tipp: Probiert einmal ganz neue Dinge aus. Nur so wisst Ihr, was zu Euch passt!

13. Backt einen Kuchen mit Zutaten, die Ihr zu Hause, ohne extra zum Einkaufen zu gehen, findet. Seid kreativ und zeigt, dass Ihr Euch einfache Abwandlungen der Rezepte durchaus zutraut.

14. Schreibt gemeinsam ein Buch. Jeder der Familie darf hierbei ein Kapitel hinzufügen. Wetten, dass die Geschichte ein ganz besonders spannendes Ende nimmt, weil man sich immer neu auf das, was der andere geschrieben hat, einstellen muss? Tipp: Bei diesem Spiel istes wichtig, dass jeder das schreiben darf, was er möchte.

15. Schenkt Euch gegenseitig immer wieder im Alltag kleine Aufmerksamkeiten, die das Leben versüßen. Dabei sollte jedes Mitglied der Familie auf denjenigen achten, dem es zu Zeit nicht besonders gut geht. Achtsamkeit und Fürsorge sollte man schon als Kind lernen. Tipp: Hierbei geht es nicht darum, viel Geld für Geschenke zu investieren. Oft reichen schon liebevoll gestaltete Zettel oder Botschaften, um dem anderen eine Freude zu bereiten.

Wie immer hast Du jetzt Platz für Deine persönlichen Notizen oder darfst Bilder einkleben, die für Dich wichtig sind:

Klebe ein Foto ein!

Fazit

Jetzt hast Du alle 135 Ideen sicherlich mit Spannung gelesen. Wer weiß: Vielleicht hattest Du beim ein oder anderen Vorschlag ein kleines Schmunzeln im Gesicht. Jedenfalls ist dieses Werk, ähnlich wie die Partnerbücher von den Green-Wedding-Pirates, aus tiefer Überzeugung und mit großer Herzenslust für Dich geschrieben.

Fakt ist allemal: Nicht jeder Vorschlag muss zu Dir und zu Deinem Alltag passen. Wichtig ist, ins TUN zu kommen, um jede Menge Humor und Fun in den Alltag zu zaubern. Beginne, das Leben mit freudvollen Augen zu erblicken. Die Familie ist so ein unfassbar wichtiges Gut, das Du wie einen Augapfel hüten solltest. Die Kinder haben nur für eine gewisse Zeit lang das Alter, das sie zu einem besonderen Star macht.

In nur wenigen Monaten beginnt schon bei Kleinkindern eine andere Lebensphase. Die Spiele, die vor 2 oder 3 Jahren noch mehr als angesagt waren, sind plötzlich langweilig oder etwas „für Babys!" Betrachte jeden einzigen, kostbaren Moment, der innerhalb der Familie stattfindet, als großes Geschenk. Morgen schon kann er vorbei sein. Nutze die Gunst der Stunde nicht dafür, um zu jammern oder erklären, warum eine bestimmte Sache sich nicht realisieren lässt. Sehe das Gute, das auch Du genießen kannst.

Was bedeutet „learning by doing“ für Dich und Deine Familienbande?

Findet selbst heraus, was Euch im Kreise der Liebsten gefällt und welche Dinge Ihr noch lernen könnt. Kulinarische Gaumenfreuden gehören in jeden Alltag mit den Liebsten. Kochen, Schätze aus der Natur sammeln und Genießen sollten niemals zu kurz kommen. Denke daran: „Du bist, was Du isst!“

Feiert die Feste, wie sie fallen und genießt kulinarische Highlights, die Ihr selbst kreiert habt. DIY ist nicht nur angesagt, sondern entspricht auch ganz dem Sinne der Nachhaltigkeit. Wer achtsam mit Mensch und Natur umgeht, der wird auch gut mit Umwelt und allen Schätzen der Erde sorgsam umgehen. Küchen-Geschenke sind eine willkommene Abwechslung, mit der auch Du innerhalb der Familie Punkte sammeln kannst.

Lacht, indem Ihr Kissenschlachten veranstaltet, Schneemänner (und -Frauen) baut, gemeinsam im See schwimmt oder einen Maskenball innerhalb der Familie organisiert. Plant Partys, die sich auch für Low Budget eignen. Seid als Eltern albern und lacht um die Wette. Kinder lieben es, wenn auch ihre Eltern immer wieder ganz Kind sind. Verkleidet Euch nach den Wünschen der kleinen Lieblinge und rasiert die Kinder auch einmal mit viel Schaum im Gesicht. Unternehmt Wander- und Bergtouren und tobt Euch beim Sport aus.

Achtet gemeinsam darauf, nicht an den Strapazen des Alltags zu zerbrechen und im Stress zu versinken. Nicht zuletzt sind die richtigen Portionen an Humor der richtige Weg, nach Herzenslust das Leben zu genießen. Feiere Deine Familie! Pflückt gemeinsam den Tag. Das Leben ist zu kurz, viel zu kurz, um sich über die Dinge aufzuregen, die Du ohnehin nicht verändern kannst. Vor allem zu Zeiten der Pandemie lohnt es sich, gemeinsam die kostbare, gesunde Zeit zu nutzen. Auch in weniger erfreulichen Zeiten sollte die Familie füreinander da sein und Kranke pflegen, sich ein offenes Ohr schenken und sich achtsam und fürsorglich zu begegnen. Familie ist, das Chaos miteinander zu bewältigen. Geht Hand in Hand als Familie den Weg, der Euch weiterbringt.

Ganz im Sinne von „Wer lacht, wird siegen!" ist dieses Buch von Deinen ganz persönlichen Erinnerungen gespickt. Klebe alles ein, was Dir die unvergesslichen Momente auch noch in vielen Jahren ins Gedächtnis ruft.

Zudem sind Deine eigenen Notizen immer ein Gewinn, von dem die ganze Familie auch noch in Zukunft profitieren wird. Schriftlichkeit schafft Verbindlichkeit. Ist die Familie nicht das wichtigste Präsent, das ein Leben lang als solches gilt?

Ganz nach dem Motto von „aus der Praxis für die Praxis“ zählt jetzt: Lege am besten gleich los mit den Spielen und Aufmerksamkeiten, die perfekt auf Deine Familiencrew zugeschnitten sind.

Viel Freude beim Lachen, Feiern, Genießen und alles, was für Deine Familie mit dazu gehört, eine wunderschöne Zeit zu erleben. Schenke dieses Buch auch ruhig Deiner besten Freundin, Geschwistern oder Kollegen, die wissen:

„Langeweile und Missmut sind die Killer jeglicher Lebensfreude.“

In diesem Sinne: Genieße jeden Augenblick in der Familie und beschäftigt Euch miteinander, anstatt übereinander zu sprechen!

„Drei Dinge sind uns aus dem Paradies geblieben: Sterne, Blumen und Kinder“

- Zitat vom bekannten Dante -

Zum Abschluss haben wir Euch noch alles rund um die Green Wedding Pirates verlinkt, damit ihr auch uns noch besser kennenlernen könnt.

Wir freuen uns sehr wenn Dich dieser Ratgeber unterstützt hat und würden uns auch über Deine positive Rezession sehr freuen. Solltest du Anregungen, Verbesserungsvorschläge haben oder einfach nur gerne mit uns in Kontakt treten wollen dann schreib uns doch einfach ein Mail an: office@greenweddingpirates.at

Pinterest: pinterest.at/greenweddingpirates/

Instagram: instagram.com/greenweddingpirates/

Blog: greenweddingpirates.at/

Über uns: greenweddingpirates.at/thepirates/

Weitere Bücher die dich vielleicht interessieren könnten inklusive Werbelinks:

Sprichst du Hochzeit -
50 Begriffe rund ums Heiraten https://amzn.to/3edR3it

„Plötzlich Trauzeugin“
Der Trauzeuginnen Ratgeber
https://amzn.to/2TGZh94

„Brautgeflüster"
Hochzeitsplaner & Ratgeber https://amzn.to/32200D7

Bucket List für Verlobte 99 Dinge, die ein Paar vor der Hochzeit zusammen erlebt haben muss https://amzn.to/2V3QKOu

Bucket List für Ehepaare
101 Dinge, die Ihr nach der Hochzeit einmal getan haben müsst.

https://amzn.to/3bgWvAb

Hochzeits-Doppelband
Hochzeitsplaner & Ratgeber
https://amzn.to/35QsFAC

Bucket List für den Bräutigam - 99 Dinge, die der zukünftige Ehemann unbedingt
vor der Hochzeit erleben muss https://amzn.to/3EjkWcI

Das große Handbuch für den Ehemann - Alles was Mann über die Hochzeit wissen muss https://amzn.to/3BozsOP

Date Challenges für Paare & Verlobte
https://www.amazon.de/dp/B09KN6656W

HAFTUNGSAUSSCHLUSS

Der Inhalt dieses Buches wurde mit großer Sorgfalt geprüft und erstellt. Für die Vollständigkeit, Richtigkeit und Aktualität der Inhalte kann jedoch keine Garantie oder Gewähr übernommen werden.

Der Inhalt dieses Buches repräsentiert die persönliche Erfahrung und Meinung des Autors und dient ausschließlich dem Unterhaltungszweck. Es kann daher keine juristische Verantwortung oder Garantie für den Erfolg der genannten Tipps und Ratschläge übernommen werden. Der Autor übernimmt keine Verantwortung für das Nichterreichen der im Buch beschriebenen Ziele.

Dieses Buch enthält Links zu anderen Webseiten. Auf den Inhalt dieser Webseiten hat der Autor keinen Einfluss. Deshalb kann für diesen Inhalt auch keine Gewähr übernommen werden. Für die Inhalte der verlinkten Seiten ist der jeweilige Anbieter oder Betreiber der Seiten verantwortlich. Rechtswidrige Inhalte konnten zum Zeitpunkt der Verlinkung nicht festgestellt werden.

Impressum

Date Challenges - Family Edition

ISBN: 9798429210223

Printed in France by Amazon
Brétigny-sur-Orge, FR

21036525R00067